KB120705

정원 수행

시작시인선 0485 정원 수행

1판 1쇄 펴낸날 2023년 9월 27일
지은이 김후영
펴낸이 이재무
기획위원 김춘식, 유성호, 이형권, 임지연, 홍용희
책임편집 박예솔
편집디자인 민성돈, 김지웅, 정영아
펴낸곳 (주)천년의시작
등록번호 제301-2012-033호
등록일자 2006년 1월 10일
주소 (03132) 서울시 종로구 삼일대로32길 36 운현신화타워 502호
전화 02-723-8668
팩스 02-723-8630
블로그 blog.naver.com/poemsijak
이메일 poemsijak@hanmail.net

ⓒ김후영, 2023, printed in Seoul, Korea

ISBN 978-89-6021-732-4 04810
　　　　 978-89-6021-069-1 04810(세트)

값 11,000원

*이 책 내용의 전부 또는 일부를 재사용하려면 반드시 저작권자와 (주)천년의시작 양측
　의 동의를 받아야 합니다.
*잘못된 책은 바꾸어 드립니다.
*지은이와 협의하에 인지는 생략합니다.

정원 수행

김후영

천년의
시 작

시인의 말

늘 경계에 있다

이쪽도 저쪽도 내가 설 곳이 아니다

유목도 정착도 아니다
중심도 주변도 아니다
물고기도 새도 아니고
꽃도 나비도 아니다

무거운 짐 하나 지고
갈 곳도 머물 곳도 없이 서성이는,

차 례

시인의 말

제1부

제2부

제3부

해 설

제1부

별

한 번도 본 적 없는 푸른빛 하나 어둠 속에서 반짝인다

잃어버린 눈빛들이 모여 별자리를 만든다

고비

하늘과 맞닿은 모래 산
두 걸음 오르면 한 걸음 미끄러진다

길이 없어 걸음걸음 길을 만들고
반쯤 숙인 몸으로 가쁜 숨 몰아쉬며 쉬엄쉬엄 가는 길

코발트빛 하늘에 떠 있는 낮달
손톱만큼 작아진 집 말(馬) 사람들
남은 길은 아직 먼데
금 간 내일이 모래 알갱이로 부서져 흩어진다

딱 중간 지점에 서 있다

그만 돌아갈까 조금 더 가 볼까 망설이는데
바람이 등을 떠민다
발자국을 지운다
지나온 길을 덮는다

모래 그림

스위치를 누르면
하루치의 피로를 몰고 오는 불빛

입김만 닿아도 부서질 것 같은
잘 그려진 집 한 채

흑백 화면 속에 가득 찬 추위
웃음 잃은 얼굴들

껍데기만 남은 몸으로
말없이 앉았다 일어서 방으로 들어가면

불이 꺼지고
텅 빈 상자 속에서 까맣게 지워지는 하루

발리, 징후

화산이 곧 폭발할 거라고 한다

한낮의 열기가 머리카락에 스민다

고개를 돌리고
손을 내젓고
퉁명스레 눈을 흘기고

체열이 오를수록 긴장감이 고조된다

속을 알아 버리고
속을 보여 버리고

돌멩이 하나 물고 입을 닫는다

메캐한 연기가 시야를 가린다

용암이 끓고
꾹꾹 눌러 온 퇴적층이 무너지기 시작한다

\>

분화 직전

섬은 도리어 고요하다

비슈누의 아침

한 아이가 비눗방울을 불고 있다
방울 하나에 세계가 하나
그 안에서 시간이 보호받는다

사원 앞 기념품 가게에서
푸른색 찻주전자를 만지작거리는 여인이 있다
기억 하나가 국경을 넘어 그 속에 잠긴다
찻잎이 서면 좋은 일이 생긴다고
그날의 운을 찻잎에 맡기던 환한 미소도 스며든다
향이 가득한 사원에는 뒤엉겨 반죽된 기도 소리들

기도가 발효되어 팽창할 때쯤
반가운 소식 하나 첨탑 끝에 날아든다

비눗방울 하나가 난민 수용소 같은 플랫폼을 빠져나가고
잔영으로 남은 소녀의 헝클어진 머리카락과
새까만 눈동자도 함께 창밖으로 빠르게 밀려간다

석굴 벽에는 부조로 새겨진 신들의 이야기
우둔한 감각들이 깨어나

툭 터져 밖으로 쏟아져 나온다

아이는 자꾸만 비눗방울을 만들어 내고
시간은 여전히 그 안에 있다

우물처럼 깊은 아이의 눈동자 안에서
수명을 다한 세계가 톡톡 터져 사라진다

갠지스강 변

막 떠오른 해를 가르며 물새들이 날고 있다
가트 위 한 남자가 눈을 감고 가부좌를 틀고 있다
훅 하고 얼굴을 덮는 흙먼지 바람

길바닥은 소의 배설물로 그득하다
혹여 밟을까 눈을 못 떼는데
배설물이 더러운 건 관념 때문이라고 옆 사람이 말한다

잠이 덜 깬 어린 신이 엄마 품에서 졸고
비듬을 떨며 비둘기 떼 날아오르고
맨발의 소년은 판매용 짜이를 끓이고 있다

지나간 것도 다가올 것도 잠잠히 품어 안는 강
농축된 기도 조각조각 흐르는 물에
표정 없는 얼굴들이 몸을 씻는다

먹을 것을 위해 손 내미는 아이들을 피해
바쁜 척 허둥대며 발걸음을 옮기는데
쿵
심장이 쓰레기 더미 위로 떨어진다

캐니언

너덜거리는 가슴에 눈꽃이 핀다

나뭇가지에 쌓여 있던 눈가루가 부서져 반짝인다

층층이 얼어 버린 눈빛들

협곡을 지나는 바람 소리

이름 모를 새 한 마리 가까이 날아와 앉는다
푸른 영혼의 파닥이는 날갯짓 소리

잊었던 상처가 도진다

찢어지는 명치끝

누군가 떠났나 보다

눅눅한 길에 훅 풍겨 오는 낯선 향 누군가 막 지나갔나 보다 무거운 가방을 메고 천천히 밤길을 걷는다 표정 없는 얼굴이 어깨를 스치고 간다 저린 팔을 흔든다 아직 오지 않은 아침을 지루해하며 불씨 없는 가슴이 재채기를 한다 플라타너스잎 하나 모근 약한 머리카락처럼 툭, 떨어진다 별빛도 흐릿한 시간 흔들리던 기도도 풋내 나던 누추한 관계들도 출구 없는 벽에 갇힌다 사람들 모두 집으로 돌아간 시간 허공에 기대어 걷는 길목

바벨탑이 무너지다

녹슬고 닳아
재활용도 못 하는 톱니바퀴가
남은 시간을 삐걱거리며 돌리고 있다

막힌 배수구가 뚫린 듯 회오리치며
미지의 나락으로
나사못 하나 툭 떨어진다

아득한 곳에서 존재를 알리는 비명 소리

저물 무렵
겨울 산을 넘지 못하고 초침이 멈춘다

앞을 모르면서 울고 웃던
생의 날들이 무너져 내린다

산디야

산디야는 샤르망 아파트에 사는 인도 여자다
그녀는 내 머리카락 색이 예쁘다며 자주 말을 걸어온다

샤르망 아파트는 벽이 얇다
우리는 그 벽을 사이에 두고 친구가 되었다

그녀에게 세 명의 자녀가 있지만 찾아오는 것을 본 적
은 없다
남편은 젊은 여자와 눈이 맞았고
아들딸마저 엄마에게 등을 돌렸다는 세계사적 이야기

매일 오후 네 시 산디야는 기도를 올린다

채식주의자인 산디야는
제단에 과일과 차를 올린 후 그것으로 식사를 한다

로티와 커리, 달과 같은 음식을 나누며 자신의 기도를 실
천하는 산디야
알이 두꺼운 안경 너머로 맑게 웃는 산디야
어쩌다 과일이라도 건네면 수줍게 웃으며 받는 산디야

>

오후 네 시

박수 소리와 함께 이국의 언어로 올리는 기도가 벽을 넘어 간절히 전해 온다

그린 파파야 깍두기

예순을 넘긴 나이에 레게 머리를 하고
중절모를 쓰고 이국의 낯선 사람들과 춤을 추는
명랑한 여인 나르샤

도움의 손길로 램프를 켜 주위를 밝히는
웃으면 얼굴에 함박꽃이 피는
제임스의 아내 수

초로의 제임스는
수를 보며 설레는 눈빛이다

머리에 히비스커스꽃을 꽂고
수와 제임스 나르샤를 따라 해변을 걷는다

식감이 아삭한 그린 파파야로 깍두기를 만들어
국적 불명 음식으로 함께 밥을 먹는 우리들

멀리서 반짝이는 윤슬
연인들의 실루엣

>

우리는 남태평양 해변 야자나무 그늘에 누워

도란도란 그리움을 나누며

오래도록 파도 소리를 듣는다

동백이 뚝뚝

무 토막 썰어 내듯 그렇게 쉽게 잘라 낼 수는 없는 거지 순간의 마주침이 가슴에 영원히 남는 것처럼 끊어 낼 수 없는 인연도 있는 거지 상상과 현실이 달라 당황해하면서도 그럴 수도 있지 하며 적응해 가는 거지 달려오는 파도를 막을 수 없는 것처럼 운명에 끌려가기도 하는 거지 호흡 맞추는 법을 잊어서 어떻게 살아야 하는지 몰라도 무엇이 금기인지조차 기억나지 않아도 헤픈 정을 꾹꾹 누르고 연민과 아픔 사이 그 비밀을 일부러 외면해야 하지 쉽게 말하지만 쉽지 않은 일도 있는 것처럼 멀어지는 일보다 밀어내는 일이 어려울 때도 있는 거지 감지되는 주파수가 많아도 채널 하나에 고정하는 것처럼 한 번의 눈 맞춤에 그리움이 생기기도 하는 거지

다다를 수 없는 나라*

적막하고 긴 강을 건너는 중이다

하늘이 오랜만에 맑다

하늘하늘 분홍빛 꽃잎이 진다

오래도록 따뜻했던 손을 놓았다

습하고 어두운 숲속에서 길을 찾느라 헤맬 때
갈림길에서 말없이 기다려 주던 이정표

기다림과 망설임을 동시에 읽었을 때
이미 석양은 지고 있었다

고마웠다는 말은 하지 않았다

촉촉한 눈빛 하나 거기 묻어 두고 왔다

다다를 수 없는 멀고 먼 그 나라

* 『다다를 수 없는 나라』: 크리스토프 바타유의 소설.

제2부

악수, 약수

우리는 여기서 헤어지지

붐비는 지하철
밀거나
밀리면서
갈아타거나
내리면서

가는 길이 달라도 종착지는 한 곳

잠시 멈추어 건네는 악수
손을 거두며 나누는 눈인사

손바닥에 남은 체온이 식어 가도록 돌아보지 않는

몇 번의 뒷모습

그래비티gravity

바닥이 사라졌다
순식간에 당한 일이다
무방비로 떨어진다

잡을 것이 없다
끝없는 낙하

뚝!
거기 꽃을 위한 자리는 없다

점점 땅 밑으로 끌려 내려간다

멀어지다 점으로 사라진다

꽃들이 깊은 잠에 빠지는 동안
바닥의 존재조차 잊어 가는 동안

끓어오른 심장이 식어 가는 동안

페이스리스

한 사람과 눈이 마주쳤다
그쪽도 유심히 나를 본다

아는 얼굴 모르는 눈빛

반쪽의 얼굴이 반쪽의 얼굴에게 고개를 까딱한다

호칭이 바뀌고
인사가 바뀌고

서로가 웃지만 누구도 웃지 않는다

갇혀 버린 관계
잃어버린 것에 익숙해진 사람들

표정을 숨기고 무리 속으로 걸어가는 한 사람
그 뒤를 따라 가만히 발걸음을 섞는다

마트료시카

속을 보인 적이 별로 없다

네 속의 네 속의 네 속의 너

그래 안다
둘이 한 몸이라는 말은 없는 것이다

동굴 속에 은밀히 감춰 온 얼굴들

애써 마주한 그것이 낯선 줄 알면서도
내 속의 내 속의 내 속의……

끌어안을 팔도 없이
서늘한 품마저 잃어버린 지금
한 번쯤은 진정한 너이고 싶은 것을

소문

눈이 뻑뻑하다
눈꺼풀이 내려앉는다
두 팔이 힘없이 툭 떨어진다

왜 그랬을까

뼈 없는 말들이 흐느적거린다

혓바닥이 헐고

왜 그랬을까

창밖 학교 운동장
그넷줄 삐걱거리는 소리

아이들의 해맑은 웃음소리

때 묻은 관계들 흑백으로 부서진다

왜 그랬을까

소묘

새들의 짝짓기로 산이 뜨겁다
밀고 당기는 몸싸움
꾀꼬리의 목소리가 사납다

무심코 만진 나뭇가지가 물컹

죽음을 가장한 대벌레의 속임수에 심장이 띈다

*

다니던 길이 생소하다

길바닥에 말라 버린 뱀의 몸뚱이
발에 밟혀 으깨진 달팽이
몸통이 잘려 꿈틀대는 지렁이
한여름 거리는 살기로 가득하다

아스팔트를 가로질러
저 분주한 신발들은 어디로 가는 것일까

>

*

우듬지가 꺾여 버린 나무
강풍에 떨어진 풋열매들
시든 잎들이 생의 마지막 대화를 나눈다

호스피스 병동의 친구 앞에서
일상의 고민들이 무색하다

소라게

잔잔하던 아침이 파도에 출렁인다

밀려가고 밀려오는 지하도
쉼 없이 걸어가는 무표정한 얼굴들
썰물 나간 거리가 온통 진흙 벌이다

기저귀 가방을 메고 걷기 시작할 때부터
한 번도 벗어 보지 못한 등껍질

버둥거릴수록 짓누르는 무게

애착도 집착도 아닌 짐을 지고 밥을 먹는다

안개 속
갯벌을 달리는 게 한 마리

몸집이 커 갈수록 더 큰 집을 찾아
맹렬히 살아가는 연습 중이다

붉은 여우가 사는 숲

안개비 내리는 자작나무 숲을 걷는다
여우 한 마리가 발소리에 놀라 달아난다
나뭇잎이 이따금 물방울을 떨군다

여우는 숲으로 가고
몰려오는 안개
길이 점점 흐려진다

젖은 나무에 잠시 기대 본다
그래 나무는 기대라고 있는 것이지

옆을 보는 것은 금기
습한 땅속도 넘보지 말자 했던가

안개 속에 갇히고 나니
열린다
무딘 감각들

곧 나타날 길 위에
언제라도 사라질 오늘이 있다

그들은 물고기 입을 가지고 있다

비늘에 상처가 날 때까지 서로의 등을 쪼아 대고 있다

수없이 총을 쏴 대는 손가락
그를 향해 삿대질하는 손가락
그 사이 가로놓여 있는 질기고도 팽팽한 줄 하나

가장 편안한 자세로 화석이 되려는 꿈과
먼바다로 헤엄쳐 갈
커다란 지느러미 하나 달아 주고 싶은 희망 사이
넘지 못할 폭포 기둥처럼 서 있다

한차례 격한 소용돌이가 지나고 나면
늘어진 혓바닥 아래로 툭 끊어지는 기대

불투명한 내일이 눈동자 안에서 풀어진다

시 읽는 시간

도서관 시집 코너
하이힐 벗어 놓고 맨발로 서서
낯익은 이름 하나 골라 든다

행간에서 길을 찾는다

긴 터널을 지나
경계 하나 지우고
관계 하나 만든다

열 오른 발바닥에
서늘히 전해지는 감각

비, 옷깃을 여미고

한쪽 구석에 자리를 잡고 앉는다

처음 만난 사람들과 통성명을 하고
악수를 하고

어제 몰랐던 사람이 오늘 아는 사람이 된다

소란한 말들이 공간을 채운다

껍질뿐인 말들
듣는 사람이 없다

다리가 묶인 채 주저앉아 있던
빈약한 하루가 간다

한 무리가 떠나고
그 틈에 묻어 자리를 빠져나온다

벌어진 재킷 사이로 찬바람이 든다

>

내일은 누가 모르는 사람이 될까
몰랐던 누가 아는 사람이 될까

숲

침침한 눈을 비비며 빛바랜 시집을 읽는다

짧은 행간
누군가 열고 갔을 문 하나 있다

길게 이어진 개울
가볍게 건너간 발자국들

갈 수 없는 저 너머에
한쪽 발을 걸치고 서 있다

페이지마다 지울 수 없는 낙서들

아직 끝이 아닐 거라고 믿으며
마지막 장을 덮는다

책갈피 속에서 말라 버린 분홍빛

헌 책에서 숲 냄새가 난다

배웅

돌아선 등 뒤로
옷깃 한 올 풀려 눈에 밟혔다

이음새도 없이 술술 풀리는
복도 끝까지 따라온 실오라기

그림자를 바로 할수록 작아지는 어깨

걸음마다 못다 한 말들이 출렁거리고
다시 한번 손을 흔들고 돌아서면
곧추선 청각 따라 아득히 문 닫히는 소리

어딜 가나 놓지 않는 팽팽한 눈길

끝내 한 올마저 풀려 발가벗겨진 뒷모습

화양연화

짧은 골목길
밤의 길이를 재며 걷는다

머리카락이 조금 더 희어진 것 말고는 그대로다

잘 지냈냐는 안부에
고개를 끄덕이는 것으로 답한다

또각또각

구두 소리가 공간을 채운다

또

막연한 미래를 약속한다

말을 아끼며 걷던 짧은 골목 끝

탁

>

문이 닫히고 홀로 남는다

울렁거리던 고요가 촉촉이 빛난다

길

석양을 마주 보고 가는

숨차게 따라가도 좁혀지지 않는

저물도록 뒤돌아보지 않는

멀어진 거리만큼 횅하니 바람이 불고

따끔거리는 눈을 비비며 한 번 더 바라보면

여전히 멀어서 잡히지 않는

홀로 아득한

제3부

거기, 하루 두 차례 바닷물이 들고 나는 섬

물 빠진 길로 찰방찰방 걸어 들어간다 거친 물살을 견디느라 퉁퉁 부은 얼굴로 북극을 표류하다 온 듯 해쓱한 얼굴로 뿌리 없는 섬 하나 둥둥 떠 있다 그 섬에 발붙여 살던 이들에게서 이제 정을 끊겠다는 듯 굳게 닫은 눈꺼풀이 무겁다 영원히 거기 있을 것만 같았던 모든 투정 다 받아 줄 것만 같았던 당연해서 한 번도 소중히 여겨 본 적 없었던 그 섬이 파도에 부서지고 있다 조금씩 세포를 갉아 먹혀 온몸이 검푸르게 멍들어 버린 섬 소라 고둥 따개비 주렁주렁 엉겨 있어도 도를 닦듯 반듯이 누워 환생을 꿈꾸는 걸까 그 꿈에 닿을 수 있을까 하여 반응 없는 손을 잡고 흔들어 본다 안간힘을 다해 내쉬는 숨비 폭풍 전같이 고요한 그곳에서 말 없는 수다를 마치고 돌아선다 걸음마다 푹푹 빠지는 길 뻣뻣해 오는 목울대를 잡는다 물이 차오르고 섬은 다시 태풍 속을 떠돌고 길은 사라지고

일월에서 삼월 사이

얼음이 얼음을 포개어 안는다

어제 너의 지붕이 날아갔고
오늘 나의 기둥이 무너질 것이다

남겨진 서운함을 모르는 듯
가는 발걸음이 가볍다

하얀 노래가 멈추고
바람이 꿈을 꾸고 있는

회색빛 숲이 자라고
눈 녹은 물소리가 시린

일월에서 삼월 사이

봄, 막연하다

꽃 필 때
단풍 들 때
눈 올 때
일 년에 세 번 술 약속을 하고
눈이 오기를
꽃이 피기를 기다린다

비 오는 이월
뜰에 매화 가지 앙상하다

닭과 꽃

그는 닭을 돌보고 나는 꽃을 돌본다
닭이 꽃밭을 헤집어 망가뜨릴 때마다 나는
부러진 꽃가지를 들어 호통치며 닭들을 쫓는다.
그렇게 마당을 몇 바퀴 돌고 나면
닭보다 먼저 내가 지쳐 꽃가지를 던지고 주저앉는다

그는 달걀을 거두고 나는 꽃씨를 거둔다
꽃씨가 발아되기 무섭게 꽃밭이 파헤쳐지지만
용케 살아남은 한두 포기가 꽃을 피운다

쇠락한 꽃들이 봄을 기약하며 잠자러 들어가면
꽃밭도 옷을 벗고 잠자리에 든다
이때부터 꽃밭은 벌레를 찾아 여행하는 닭들의 성지가 된다
잠자던 꽃들이 뿌리 뽑혀 놀라 까무러치고
그 광경에 내가 더 까무러쳐 빗자루를 들어 또 닭들을 쫓는다

애초에 상생할 수 없는 존재들이 한 울타리 안에서 살아가
고 있다

파헤쳐진 화단을 매만지며

닭만 보이는 사람과 꽃만 보이는 사람이 닭과 꽃을 위
해 다툰다

닭싸움

지난봄
어미 닭이 병아리 다섯 마리를 부화시켰다
다가가면 화들짝 놀라 수척해진 어미 닭 날개 아래로 숨던
울타리를 탈출해 이웃집 들깨밭을 헤집고 다니던
병아리들이 자라 어른 닭이 되었다
아들 수탉이 아비의 영역을 넘보기 시작하면서 둘의 싸
움이 시작됐다
날로 힘이 세진 아들 수탉이 아비 수탉의 꽁지 털을 몽
땅 뽑아 놓고 볏에 상처를 입혀 목덜미가 피로 벌겋게 물
들었다
날만 새면 아비 수탉은 도망을 가고 아들 수탉은 아비를
쫓아 싸움을 건다
보다 못해 '저런 아비도 몰라보는 녀석' 하며 젊은 수탉
을 멀리 쫓는다
닭장 아래 닭 모이를 쪼러 모여든 참새들 틈에 섞여 잠시
쉬고 있는 아비 수탉의 맨살 드러난 등허리가 붉다

상춘

밤새 무슨 일이 있었던 걸까
목련이 활짝 잎을 열었다
거품 묻은 손을 씻고 달려나간다
버들이 물오른 팔을 흔들며 춤추고 있다
숨길 수 없는 저 바람기
쿵쾅거리는 가슴
가슴에서 졸졸 시냇물 소리가 난다

봄은 손수레를 타고

벗꽃이 축제를 마친 날
가꾸던 화단이 무너져 손수레에 벽돌을 실어 나르는데
하얗게 뜬 화장을 지우고
머리카락 풀고 까르르 날아가는 꽃잎들

숨 쉬는 걸 잊은 듯 잠시 서서 넋 놓고 보고 있는데
힐끔
얼굴을 훔치며 지나가는 꽃잎들

문득
목장갑에 작업화 신고 서 있는 모습을 자각하는데
쉼 없이 달려오느라 고단했던 발을
슬그머니 만져 주는 꽃잎들

수레 안 벽돌 위
머리카락 세듯 하얗게 쌓여 가는 꽃잎들

가족사진 1

넷이 앉은 식탁이 낯설다

어쩌다 오가는 대화는
충돌해 부서져 떨어지고
또 어쩌다 오가는 말은
전달되지 못한 채 허공에서 얽히고
어쩌다 뱉는 한마디는
요구 아니면 욕구

다리 하나 부러진 사각보다는
균형 잡힌 삼각을 유지하던 식탁에
누가 불청객인가

하나둘 자리에서 물러가고
애초에 혼자인 듯 남은 한 사람

가지치기

모든 식물을 먹을 수 있는 것과 먹지 못하는 것으로 구
분하는 사람이
꽃망울 부풀기 시작한 어린 벚나무를 반토막 냈다

팔다리가 잘려 캄캄한 채
아프다 말도 못 하고 피 흘리며 서 있는 나무

뿌리를 잃은 채 거친 땅바닥에 뒹굴고 있는 생명들

널브러진 가지들을 주워 모아 꽃병에 꽂는다
곱게 꿈꾸던 기억을 되살려
이렇게라도 활짝 꽃을 피우라고
그저 꽃이라도 피우라고

강제로 꺾여 버린 자라다 만 꿈들
잘려 나간 청춘의 가지들

방심하는 사이 나무 하나가 또 잘렸다

아물지 않은 상처에서 말갛게 진물이 흐른다

나무의 속도

한여름 열기에 잠 못 들어 집을 나선다

백일홍 한 그루가 길을 밝힌다

베어져 시들어 가는 풀잎 향이 짙다

한 사람이 나무 터널 사이로 다가온다
서로를 경계하며 멀어지는 이들

빠르지도 느리지도 않게 천천히

모자를 눌러쓰고 걸어오는 그림자 하나
풀벌레가 소스라쳐 어둠을 깬다

기다려도 안 된다면 침묵 속으로

밤공기가 끈적하다

늦가을의 정원

겉옷 하나 걸치고 정원 한 바퀴 돈다
남한강 물안개가 마당까지 몰려왔다
밤새 내린 이슬에 신발이 젖는다

참새 두 마리가 닭장에 갇혔다
문을 열어 주니 사방에 부딪히다 혼비백산 날아간다

기세등등하던 느티나무 잎이 빛을 잃고
옮겨 심은 계수나무는 일찌감치 옷을 벗었다

텃밭 한쪽에서 하늘거리던 취꽃이 지고
자작나무 잎이 떨어지고
담 밑 백일홍이 쑥부쟁이꽃과 함께 시들어 간다

목단 씨앗이 흙 속에 반쯤 묻혀 있다

시월의 아침이다

제라늄 붉은 꽃잎이 지고

말간 달빛 아래 이슬 내리면
삼켜 버린 말들로 배가 부르면
봉숭아 씨앗 터지듯
묻어 둔 말들이 여물어 터져 버리면
억세던 풀잎들이 사그라들면
가을이 깊어 버리면

정원 수행

결론은
누구의 잘못도 아니라고
당신이 나에게 들려주고 싶은 말이다

귀가 둔해 이제야 깨닫는다

잘못 쌓은 블록이 기울고 있음을 느낄 때
안개에 발이 묶여 서 있을 때
예정된 흐름을 거스를 수 없을 때
숨을 고르고 앉아 잠잠히 정원을 돌본다

그것이 수행이라는 걸 또 뒤늦게 깨닫는다

별들의 운행과 인생의 시련
감당할 수 없는 질문들 속에서 스스로 답을 찾아 안심이다

피고 지고 또 피고
갖가지 색을 바꿔 가는 정원에서 내가 할 일은 없다

꽃송이를 차마 떨구지 못하고 미라가 된

그 마른 가벼움을 이고 북풍에 맞서는 수국처럼

흔들림에 몸을 맡길 뿐

무심히 견딜 뿐

가족사진 2

페인트가 벗겨진 아파트 화단에
오동잎 무겁게 지고 있는 저녁
부부가 식탁에 앉아 있다

거실에서 TV 소리 조그맣게 들려온다

젓가락질 소리
그릇 부딪는 소리
물 넘기는 소리

흐린 조명 아래서
우중충한 얼굴로
밥을 다 먹도록 말이 없는 사람들

냉장고는 혼자서 윙윙거리고
불규칙한 소리들이 유령처럼 공간을 떠돈다

날벌레 한 마리가 소란하다

가족

참 이상한 사이다
다가갈수록 멀어진다

제4부

모노드라마

조명은 혼자 밥 먹는 여자를 비추네

절벽 끝에 놓인 빨간 구두를
빈 의자를
주인공의 검은 드레스를
훅훅 뿜어내는 뿌연 안개를 비추네

짙은 마스카라에 흔들리는 눈동자를 감추고
덤덤히 이야기를 풀어 내는 여자

당신의 봄은 한 번이라도 따뜻했던 적 있나요?

나는 지금 누군가의 꿈속에 갇혀 있어

말

하고 싶은 말
하지 못한 말
하지 않은 말
입 속에 우물처럼 고이는 말

듣고 싶은 말
듣지 못한 말
듣지 않은 말
검은 침묵 속으로 떨어지는 말

종일 말이 그리웠다고

혼자라도 중얼거리지 그랬냐고

뿐

　박쥐들뿐이다 깊은 동굴 속에 부대끼며 살고 있다 손에
든 것도 등에 진 것도 형체 없는 무게일 뿐 열려 있는 감각
은 없다 거칠게 부딪치는 소리 고함치며 할퀴는 소리 똑똑
떨어지는 물방울 소리 눈길 한번 마주할 수 없는 동굴 속 가
깝다고 학습된 존재들뿐 누군가 곁에 있다고 느끼는 건 환
상 밖으로 나갈 것인가 더 깊이 들어갈 것인가 꺾인 날개
에 방향을 잃었다 남은 건 오직 청각뿐 동굴 속 깊을수록
아늑하다

쯤

넘치는 것은 흐르게 하자

잔잔한 저 남한강과 북한강도
서로가 밀치면서 멋쩍게 섞이는 것인데
얼굴 붉히던 순간들쯤이야

도로 위 체증도 멀리서 보면 풍경일 뿐인데
일상의 소음쯤이야

산사를 감싸던 해가
산등성이 벗은 가지 사이로 기울어도
가파른 길을 오르던 힘으로 손을 모으는 것인데
뒷모습을 보이는 일쯤이야

오백 년 된 은행나무가 짊어졌을 무게
그 하나도 헤아릴 수 없는데
취기 없이 잠들 수 없는 무게쯤이야

넘치는 눈물쯤이야

금

태어날 때부터 주변은 금으로 둘러져 있다

짝과 함께 쓰던 책상 위에 금을 긋고

땅따먹기 놀이에서
한 뼘만큼의 땅을 가져오기 위해 금을 긋는다

보도블록 위
비틀대며 외발로 서 있기도 좁은 네모 안에 금을 긋고

여물지 않은 관계
빛 한 줄기 들 수 없게 검은 막을 쳐 금을 긋는

문 하나 여는 데도 보이지 않게 금을 긋는

하나를 지우면 또 하나 생겨나는 금

문

살았다

열두 개 넘게 있는 줄도 모르고
닫힌 줄도 모르고
두드리는 이가 있는 줄도 모르고
숨이 막히는 줄도 모르고

갈 때보다 남겨질 때가 좋다고
잊는 것보다 잊히는 것이 좋다고

홀연 떠나도 티 나지 않게

얼음 한 덩이 안고 들어가 끝내 나오지 않는

가만히

햇빛에 눌려 땅 밑으로 밀려 들어가도
아프다는 말
살고 싶다는 말
한마디 하지 않고
그저

신발도 안 신고
허물 벗듯 가볍게 날아올라서는
뒤도 안 보고
그저

이제는
햇빛이 벽을 타고 올라갔다 내려와도
그림자가 없는
껍질조차 없는 그 방을

엄마는 그저

나란히

바닥이 갈라진 호수 위로
햇볕이 뜨겁게 떨어지는 한낮

마당 한쪽
호수를 보고 있는 의자 두 개

얼핏 보면 다정한
자세히 보면 의자와 의자 사이가 먼

해가 저물도록
미동 없는 저 딱딱한 침묵

습

지하철에 우산을 두고 내렸다

무엇이든 두 개를 쥐고 있으면
그중 하나는 꼭 잃어버리고 만다

계단 입구
축 쳐진 어깨들 틈에서
비가 그치기를 기다리며 서 있다

손이 빈 것도 모르고 무심히 두고 온
곁에 없으면 곧 잊어버리는
지난 것을 붙잡고 있는
방치된 채 자리를 지키고 있는
뽑지 못하고 묻어 둔

먹구름에 어둑해진 거리
목 뒤로 흘러드는 습관들을 세며
이마를 가리고 걷는다

폐가

마치
햇빛 한 덩이 풍덩 빠져 들었다 황급히 뛰쳐나간 뒤
열기를 식히느라 하얗게 질린 얼굴이랄까

처마에 집을 짓는 것이
망초꽃 위에서 날개를 접는 것이
마른땅에 돋은 잡풀들 씨앗을 맺는 것이

가슴으로 확인하고
만져서 확인하고
허상도 꿈도 아님을 확인한 후에야 비로소 안도했던
뜨겁던 날들에 거미줄 늘어진 것이

마치
달을 채운 아이를 내보낼 때의 고통이랄까

부풀었던 배가 푹 꺼지면서
탱탱했던 근육에 힘이 풀리는 것처럼
순식간에 밀려오는 허기랄까

화상처럼 남은 저 문패

그리하여

체온은 늘 정확해서
어떤 악수는 그것이 마지막임을 말해 준다

'당분간'이라는 여지를 남기고 돌아선다
'언젠가는'에 기약이 없다
'이제'가 아닌 건 다행이다

뒷모습을 보이기 싫어 한발 늦게 돌아선다

더 이상 뒤는 돌아보지 않기로 한다

철로를 사이에 두고
저쪽과 이쪽
여백이 창백하다

아침 햇살이 좋아

차 한 잔 옆에 두고 책을 읽다가
누군가 보고 있을 것 같아 자세를 바르게 고쳐 앉는다

우연이라도 한 번쯤 만나 보고 싶은 사람이 있다

재빨리 읽어 버린 생각

강아지가 놀자고 발가락을 깨문다

맑디맑은 눈동자

소나기

매니큐어가 벗겨졌다 늘어진 하루가 게으르게 가고 있다 딱히 아픈 것도 아닌데 손가락 하나 까딱할 수 없다 잡을 수 없다면 놓아야지 비아냥이 수위를 넘었다 때로는 독설이 살고 싶게 만들기도 한다 한쪽 말만 들으면 한쪽만 커 보이는 것이지 그럴 수도 있겠다 심장이 투둑 툭 불규칙한 리듬으로 뛰고 차마 하지 못한 말들이 땀에 섞여 끈적하다

라푼젤

종일 신발 한번 신지 않고 하루가 갑니다
말 한 마디 하지 않고 해가 저물 때도 있어요
안개 낀 성문 앞
거기 발자국이 없죠
한쪽 구석에 던져 놓은
중요하지 않은 일감처럼
늘 멀찍이 밀쳐지죠
잘려 나간 가지 끝에서 싹이 돋듯
단단한 껍질을 비집고
독한 생명들 움트는 계절이네요
무덤 같은 성
내일은 신발을 신을 수 있을까요?

해 설

정원에서 배운 사랑

차성환(시인, 한양대 겸임교수)

김후영 시인은 인간이 인간에게 영원한 타자일 수밖에 없
다는, 우리 주변에 그어진 '금'의 진실에 맞닥뜨리지만 그 '금'
을 넘어서서 타자에게 갈 수 있는 길을 모색한다. '금'을 침범
하는 방식이 아니라 '나'와 '너'를 가르는 그 '금'이 순식간에 허
물어지고 무화되면서 합일에 이르는 길이다. 찰나와 같은 순
간이지만 마음의 장벽을 넘어서 우리가 사랑의 이름으로 하
나가 될 수 있는 유일한 길이다. 그의 시는 '나'와 '너'의 만남
을 불가능하게 만드는 현실을 핍진하게 드러내고 그 사이에
서 희미한 소통의 빛을 그려 낸다. 그의 시 쓰기는 '나'와 '너'
를 가로막는 '금'의 세계에서 주체와 대상이 만나는 시적 순간
을 찾기 위해 진정한 소통의 가능성을 찾는 모험이다. 그는
이 마법과 같은 순간을 기다린다. 이 기다림은 주체가 아무

것도 하지 않는 수동적인 기다림이 아니라 스스로 타자를 품을 수 있는 존재로 거듭나기 위해 끊임없이 자신을 열어 놓는 적극적인 기다림이다.

태어날 때부터 주변은 금으로 둘러져 있다

짝과 함께 쓰던 책상 위에 금을 긋고

땅따먹기 놀이에서
한 뼘만큼의 땅을 가져오기 위해 금을 긋는다

보도블록 위
비틀대며 외발로 서 있기도 좁은 네모 안에 금을 긋고

여물지 않은 관계
빛 한 줄기 들 수 없게 검은 막을 쳐 금을 긋는

문 하나 여는 데도 보이지 않게 금을 긋는

하나를 지우면 또 하나 생겨나는 금
— 「금」 전문

태생적으로 우리는 "금"에 둘러싸여 사는 것은 아닐까. 「금」은 유년 시절과 학교에서의 기억을 소환한다. 장난스럽게 보이기도 하지만 "짝과 함께 쓰던 책상 위"에서 내 구역과

네 구역을 구분하기 위해 "금"을 긋고 운동장에서는 가장 많은 땅을 차지하면 이기는 놀이인 "땅따먹기"를 통해서 악착스럽게 "금"을 이어 나간다. "금"은 내 영역을 주장할 수 있는 근거이고 척도이다. '나'는 이 "금" 안에서 안락하고 안전을 느낄 수 있다. "금"을 주장해야지만 내 것을 빼앗기지 않을 수 있고 남의 것을 함부로 빼앗는 일을 막을 수 있는 것이다. 인간은 태어나면서 "금"을 마주하게 되고 유년 시절의 일상이나 놀이를 통해서 "금"의 작용을 경험하게 된다. 성인이 된다는 것은 "금"을 자연스럽게 받아들이는 과정일 수도 있다. 그러고 보니 "보도블록"에도 "좁은 네모 안에 금"이 있고 아이들은 "금"을 밟지 않기 위해 "비틀대며 외발로 서" 있는 놀이를 하기도 한다. "금"은 인간에게 내재화된다. '나'는 나와 너를 가르는 "금"에 강박적으로 매달린다. '나'는 사람 사이의 관계에 있어서도 보이지 않는 "금"이 작동하는 것을 깨닫는다. 아마도 "금"을 지우고 긋는 작업의 반복이 인간관계의 방식이지 않을까. 여기서 우리는 "금"을 있는 그대로 받아들이고 지금까지 살아오던 방식으로 삶을 영위할 수도 있을 것이다. 그러나 시인은 "금"을 자각하면서 다른 삶으로의 전환을 꿈꾼다. "금"의 존재는 인간과 인간 사이에 온전한 소통과 합일이 불가능하다는 사실을 일깨워 주지만 그 불가능성은 "금"을 넘어서 끊임없이 타자에게 다가가려는 '나'의 의지를 가능하게 하는 것이다.

마치

햇빛 한 덩이 풍덩 빠져 들었다 황급히 뛰쳐나간 뒤
열기를 식히느라 하얗게 질린 얼굴이랄까

처마에 집을 짓는 것이
망초꽃 위에서 날개를 접는 것이
마른땅에 돋은 잡풀들 씨앗을 맺는 것이

가슴으로 확인하고
만져서 확인하고
허상도 꿈도 아님을 확인한 후에야 비로소 안도했던
뜨겁던 날들에 거미줄 늘어진 것이

마치
달을 채운 아이를 내보낼 때의 고통이랄까

부풀었던 배가 푹 꺼지면서
탱탱했던 근육에 힘이 풀리는 것처럼
순식간에 밀려오는 허기랄까

화상처럼 남은 저 문패

—「폐가」 전문

　사람이 사는 집에는 온갖 만남들이 풍성하게 차고 넘친다.
집은 사람이 먹고 자고 생활하는 공간이다. 사람이 그 공간
을 돌보는 동안 뭇 생명들이 자연스럽게 드나들고 함께 공존
한다. 이 때 '집'은 무수한 존재들을 담아낼 수 있는 생명의 그

릇이다. 생명들이 차고 넘쳤던 집은 "마치/ 햇빛 한 덩이"를 품에 안고 있는 것과 같다. 그러나 사람이 떠나고 서서히 그 생명의 열기가 식어 가면서 '집'은 과거의 추억에 매달리게 된다. 새들이 "처마에 집을 짓"거나 "망초꽃 위에서 날개를 접"었던 것을, "마른땅에 돋은 잡풀들"이 "씨앗을 맺는 것"을 혼자서 웅크리고 떠올린다. 당시의 그 "뜨겁던 날들"은 평범한 일상인 것처럼 보이지만 기적과 같은 순간임을 깨닫게 된다. '나'(집)에게 찾아와 깃든 생명들이기 때문이다. 그러나 따뜻했던 일상이 다 지나가고 어느덧 깃들어 있던 생명들이 다 떠나간 후에 '집'은 "폐가"라는 이름을 갖게 된다.

애지중지 아끼던 자식이 독립해서 집을 떠난 후에 부모가 느끼는 심리적 현상을 빈 둥지 증후군(empty nest syndrome)이라고 한다. 부모에게는 상실감과 슬픔이 찾아오는데 자식을 자신의 슬하에서 떠나보냈다는 상실감도 있지만 자식이 곁에 사라짐으로써 그 자식을 돌보던 자신의 정체성을 잃은 데서 오는 허전함도 큰 부분을 차지한다. 외부에서 활동하는 남편보다는 집에서 양육에 집중하면서 자식과 애착 관계가 강하게 형성된 중년의 가정주부에게서 주로 나타난다. 이 '집'은 마치 빈 둥지 증후군을 앓고 있는 듯한 모습이다. 산모가 "달을 채운 아이를 내보낼 때의 고통"과 흡사하고 그 빈 곳으로 "순식간에 밀려오는 허기"에 맥을 못 춘다. 자신의 쇠락해 가는 텅 빈 몸을 보면서 그곳에 깃들었던 생명들을 하나둘 떠올리는 장면은 애잔하고 쓸쓸하다. "폐가"에는 그곳에 누군가 살았다는 과거의 흔적만이 "문패"로 남아 있다.

「폐가」는 '폐가'라는 객관적 상관물을 통해 더 이상 생명을 보듬을 수 없는 현대인의 모습을 들여다본 작품이다. 그것은 '너'와 '나'의 모습이기도 하다. 생명이 태어나고 자라는 것을 오래 지켜보고 그 생명들이 서로 뜨겁게 만나는 순간을 이제는 귀하게 생각하지 않는 현대인의 자화상이기도 하다. 현대인은 물질문명에서 오는 풍족한 삶을 살아가는 것처럼 보이지만 "불씨 없는 가슴"(「누군가 떠났나 보다」)과 "껍데기만 남은 몸"(「모래 그림」)으로 모두 다 '허기'를 지니고 살아간다. 우리는 누군가와의 진정한 만남이나 소통이 사라진 시대에 살고 있는 것이다. 오늘날의 현대인은 자본주의 문명사회에서 SNS를 활용한, 극대화된 효율적인 인간관계를 추구한다. 이제 누군가를 향한 간절한 마음은 불필요한 시대이다. 우리는 서로 겉도는 눈빛으로 서로의 필요에 의해 손쉽게 관계를 맺고 끊고 이어 가는 것은 아닐까. 김후영 시인이 가진 허기는 이 시대가 보여 주는 효율적이고 형식적인 '만남'에서 비롯된다. 사람들은 "동굴 속에 은밀히 감춰 온 얼굴들"(「마트료시카」)로 "서로가 웃지만 누구도 웃지 않는다"(「페이스리스」). 그들은 대화를 한다고 하지만 "껍질뿐인 말들"뿐이고 제대로 "듣는 사람이 없다"(「비, 옷깃을 여미고」). 시인은 그렇게 텅 빈 대화를 하고 집에 돌아오면 허기에 사무쳐 "종일 말이 그리웠다고"(「말」) 고백한다. 이 '허기'를 극복할 수 있는 방법은 없을까.

무 토막 썰어 내듯 그렇게 쉽게 잘라 낼 수는 없는 거지
순간의 마주침이 가슴에 영원히 남는 것처럼 끊어 낼 수 없

는 인연도 있는 거지 상상과 현실이 달라 당황하면서도 그
럴 수도 있지 하며 적응해 가는 거지 달려오는 파도를 막을
수 없는 것처럼 운명에 끌려가기도 하는 거지 호흡 맞추는 법
을 잊어서 어떻게 살아야 하는지 몰라도 무엇이 금기인지조
차 기억나지 않아도 헤픈 정을 꾹꾹 누르고 연민과 아픔 사
이 그 비밀을 일부러 외면해야 하지 쉽게 말하지만 쉽지 않은
일도 있는 것처럼 멀어지는 일보다 밀어내는 일이 어려울 때
도 있는 거지 감지되는 주파수가 많아도 채널 하나에 고정하
는 것처럼 한 번의 눈 맞춤에 그리움이 생기기도 하는 거지

—「동백이 뚝뚝」 전문

　진정한 마주침은 만들어지고 계획되고 계산되는 것이 아
니다. 우연적인 "순간의 마주침"이 평생 "가슴에 영원히 남"
는다. 우리는 사람의 관계에서 주체적으로 무언가 주도할 수
있다고 생각하지만 그것은 어디까지나 '나'를 중심으로, '나'
와 '너'라는 '금'을 긋고 형식과 한계가 정해진 관계만을 불러
온다. 그러나 "순간의 마주침"이란 내가 주체할 수 없고 어찌
할 수 없는, '나'를 압도하고 "달려오는 파도"와 같은 것이다.
어떠한 이해관계도 없이 "한 번의 눈 맞춤에 그리움이 생기
도 하는" 순간이 생기는 것이다. 그러한 기적과 같은 순간은
마치 봄날에 "동백이 뚝뚝" 떨어지는 장면처럼 여겨지기도 한
다. 동백이 가장 아름답게 피어 절정에 다다랐을 때 꽃잎을
떨어뜨리는 그 장면 말이다. 존재가 순간 환한 빛 자체로 눈
앞에 현현할 때 우리는 아무 말도 할 수 없다. 그저 그 순간을

온몸으로 받아들이는 수밖에. 이러한 만남은 단순히 인간관계에서만 해당하는 것이 아니다. "순간의 마주침"은 우리 주변을 둘러싼 자연과 동식물, 무수한 타자들과의 만남에서도 예상치 못하게 찾아온다.

벚꽃이 축제를 마친 날
가꾸던 화단이 무너져 손수레에 벽돌을 실어 나르는데
하얗게 뜬 화장을 지우고
머리카락 풀고 까르르 날아가는 꽃잎들

숨 쉬는 걸 잊은 듯 잠시 서서 넋 놓고 보고 있는데
힐끔
얼굴을 훔치며 지나가는 꽃잎들

문득
목장갑에 작업화 신고 서 있는 모습을 자각하는데
쉼 없이 달려오느라 고단했던 발을
슬그머니 만져 주는 꽃잎들

수레 안 벽돌 위
머리카락 세듯 하얗게 쌓여 가는 꽃잎들
　　　　　　　　　　　　　　—「봄은 손수레를 타고」 전문

벚꽃들이 만발하고 화려한 축제가 다 지나고 나서야 때늦은 꽃놀이가 펼쳐진다. 말 그대로 예상치 못한 "순간의 마주침"(『동백이 뚝뚝』)이다. 그 꽃잎들은 축제에 나가기 위해 잔뜩 힘 주고 꾸민 상태가 아닌, "하얗게 뜬 화장을 지우고/ 머리카락 풀"어헤친 있는 그대로의 자연스러운 모양이다. '나'는 무너진 "화단"을 보수하느라 혼자 고생을 하고 있다가 졸지에 "잠시 서서 넋 놓고" 꽃잎 세례를 맞는다. "까르르" 웃는 소녀들처럼 "날아가는 꽃잎들"이 내 "얼굴을 훔치며 지나"가고 "고단했던 발을/ 슬그머니 만져 주"자 '나'는 잔잔한 감동에 휩싸인다. 마 치 "꽃잎들"이 "쉼 없이 달려"온 '나'의 삶을 어루만지고 보듬 어 주는 듯한 무한한 위로를 경험하고 있는 것이다.

특히, 시집『정원 수행』에서는 정원을 돌보는 이야기가 담 긴 시편들이 눈에 띈다. 소통이 단절되고 외로운 섬처럼 떠 있 는 '나'가 타자를 향해 활짝 열리게 된 것은 아마도 정원을 가 꾸면서부터가 아닐까 싶다. '폐가'(『폐가』)와 같은 자기 몸의 빗 장을 열고 자연에게 몸을 활짝 열어 놓는 방식에서, 바로 자 신의 정원을 돌보는 일에서 시작한 것이다. '정원'은 실제 집 에 딸려 있어서 농작물을 심을 수 있는 밭을 의미하기도 하지 만 오랫동안 얼어붙어 있던 '나'의 마음에 대한 은유이기도 하 다. 우리가 정원을 가꾸고 돌볼 때 그곳에 나무와 꽃이 피게 하는 것만을 위해서라고 생각할 수 있지만, 어찌 보면 정원 을 경작하는 시간은 곧 '나'의 마음의 소리에 귀 기울이고, 상 처받고 닫힌 내 마음의 상태를 회복시키는 시간일 수도 있다. 그리고 정원에 새로운 꽃과 나무와 나비가 찾아오듯이 내 마 음이 회복한다면 거기에는 또 다른, 우리를 기쁘게 할 무언가 찾아오게 될 것이다.

밤새 무슨 일이 있었던 걸까
목련이 활짝 잎을 열었다
거품 묻은 손을 씻고 달려나간다
버들이 물오른 팔을 흔들며 춤추고 있다
숨길 수 없는 저 바람기
쿵쾅거리는 가슴
가슴에서 졸졸 시냇물 소리가 난다

―「상춘」 전문

이제 '나'에게는 봄의 경치를 구경하고 마음껏 즐길 수 있는
여유가 찾아온다. "목련이 활짝 잎을 열"고 "버들이 물오른
팔을 흔들며 춤추"는 것을 바라보면서 '나'는 "쿵쾅거리는 가
슴/ 가슴에서 졸졸 시냇물 소리"가 흘러나오는 체험을 하게
된다. 그전에는 깨닫지 못했던 자연이 '나'에게 건네는 신호
이다. 자연이 나에게 건네는 인사에 '나' 또한 가슴에서 흐르
는 "시냇물 소리"로 화답하는 것이다. '나' 또한 봄의 기운이
물씬 느껴지는 자연 속에서 식물들과 한데 어우러져 화합한
다. 그들을 있는 그대로 받아들이고 '나'를 그들에게 그대로
내어 주는 것이 진정한 만남의 시작이라는 것을 배운 것일까.

그는 닭을 돌보고 나는 꽃을 돌본다
닭이 꽃밭을 헤집어 망가뜨릴 때마다 나는
부러진 꽃가지를 들어 호통치며 닭들을 쫓는다.
그렇게 마당을 몇 바퀴 돌고 나면
닭보다 먼저 내가 지쳐 꽃가지를 던지고 주저앉는다

그는 달걀을 거두고 나는 꽃씨를 거둔다
꽃씨가 발아되기 무섭게 꽃밭이 파헤쳐지지만
용케 살아남은 한두 포기가 꽃을 피운다

쇠락한 꽃들이 봄을 기약하며 잠자러 들어가면
꽃밭도 옷을 벗고 잠자리에 든다
이때부터 꽃밭은 벌레를 찾아 여행하는 닭들의 성지가 된다
잠자던 꽃들이 뿌리 뽑혀 놀라 까무러치고
그 광경에 내가 더 까무러쳐 빗자루를 들어 또 닭들을 쫓는다

애초에 상생할 수 없는 존재들이 한 울타리 안에서 살아
가고 있다

파헤쳐진 화단을 매만지며
닭만 보이는 사람과 꽃만 보이는 사람이 닭과 꽃을 위해
다툰다

—「닭과 꽃」 전문

「닭과 꽃」은 결코 쉽게 어울릴 수 없는 누군가와의 동거가
바로 우리의 삶이며, 서로의 차이를 인정하고 받아들일 때 그
것이 소소한 행복으로 바뀔 수 있다는 깨달음을 담고 있는 작
품이다. '그'와 '나'는 서로 키우고자 하는 것이 다르다. '그'는
"닭"을, '나'는 "꽃"을 선택했다. 그런데 "닭과 꽃"을 "한 울타
리"에서 키우다 보니 신경 쓸 것이 여간 많지가 않다. "닭"은
그 특성상 계속 "꽃밭을 헤집어 망가뜨"리고 그럴 때마다 '나'

는 "닭"을 혼내고 쫓아내느라고 고생이다. 계절상 "꽃"이 지고 휴식하는 기간에도 "닭"은 말썽이다. "벌레"는 "꽃"이 잘 피어날 수 있게 정원의 토양을 유익하게 만들어 주지만 "닭"은 그 "벌레"를 잡아먹기 위해 또 꽃밭에 난입하는 것이다. 이는 '그'와 '나'의 관계에 대한 암시일까. 애써 서로의 차이와 불통을 억지로 손쉽게 무화시키고 화해를 이루는 것은 진정한 만남이 아닐 것이다. 우리가 서로의 다름으로 인해 "애초에 상생할 수 없는 존재들"이지만 그런 우리가 "한 울타리 안에서 살아가"는 것은 그 자체가 기적이지 않을까. 때로는 지쳐서 주저앉기도 하지만 이 "한 울타리"를 벗어나지 않고 서로를 견디고 서로의 곁을 지키는 것은 무엇보다도 어느 날 우리에게 찾아왔던, 혹은 찾아올 "순간의 마주침"(「동백이 뚝뚝」) 때문일 것이다. '순간의 마주침'이 우리에게 준 눈부신 빛을 마음속에서 충실하게 지키기 위함일 것이다. 우리의 사랑은 생각보다 더 큰 인내와 의지를 필요로 한다. 하지만 우리가 "한 울타리" 안에 있는 것은 아웅다웅 다투기도 하지만 우리가 동시에 경험한 '순간의 마주침'이 아직까지 서로의 가슴속에 남아 있다는 믿음을 잃지 않았다는 것을 증명한다.

적막하고 긴 강을 건너는 중이다

하늘이 오랜만에 맑다

하늘하늘 분홍빛 꽃잎이 진다

오래도록 따뜻했던 손을 놓았다

습하고 어두운 숲속에서 길을 찾느라 헤맬 때
갈림길에서 말없이 기다려 주던 이정표

기다림과 망설임을 동시에 읽었을 때
이미 석양은 지고 있었다

고마웠다는 말은 하지 않았다

촉촉한 눈빛 하나 거기 묻어 두고 왔다

다다를 수 없는 멀고 먼 그 나라
                              ―「다다를 수 없는 나라」 전문

한 번도 본 적 없는 푸른빛 하나 어둠 속에서 반짝인다

잃어버린 눈빛들이 모여 별자리를 만든다
                              ―「별」 전문

　한번 태어나면 죽을 수밖에 없는 것이 우리에게 주어진 운명이다. '나'의 곁에 있는 뭇 생명들을 언젠가 떠나보내야 한다는 사실은 가슴 아프지만 그러한 한계가 지금의 단 한번뿐인 삶을 눈부시게 살아 낼 수 있게 하는 가능성이 되기도 한다. '나'의 동반자였던 누군가를 떠나보내야 할 때, 아니, 그

런 상상만으로도 우리는 애틋해지고 슬픔에 가득 차게 된다. "오래도록 따뜻했던 손"의 촉감을 기억하면서 우리가 서로에게 보냈던 "촉촉한 눈빛"을 "적막하고 긴 강"에 묻어 두고 와야만 할 때, 그 "눈빛"의 세계는 어떤 조건도 없이 "눈빛" 하나로 서로에게 연결되는 시적 순간이다. 그 "눈빛"은 우리의 의지대로 "다다를 수 없는 멀고 먼" 곳에 존재하리라.

어느 날 문득, 밤하늘을 쳐다보면 "한 번도 본 적 없는 푸른빛 하나"를 만나게 될 것이다. 우리의 눈에 가닿기 위해서 신호를 보냈던 무수한 눈빛들이 그 "어둠" 속에 잠들어 있었음을 깨닫게 될 것이다. 평소 그 '눈빛'의 신호를 눈치 채지 못하고 세상의 어둠 속에서 혼자 외로워하고 있었다는 사실에 허탈해질 것이다. 김후영 시인은 우리와 연결하고픈 "잃어버린 눈빛들이 모여 별자리를 만"들고 있었다는 것을, 그 무수한 아름다운 눈빛들이 내 옆에, 당신의 곁에, 우리라는 울타리 안에 간절하게 반짝이고 있었다는 것을 증거한다. 시집 『정원 수행』은 사랑의 정원이다. 시인의 땀방울과 콧노래가 정원의 꽃나무를 키우고 새, 나비, 살진 흙, 바람, 맑게 갠 푸른 하늘, 빗방울, 꽃잎, 잠자리를 불러 모은다. 그리고 그 정원 위에는 밤마다 캄캄한 어둠 속에 우리의 사랑스러운 눈빛들이 모여 별자리를 수놓는다. 어디선가 "푸른 영혼의 파닥이는 날갯짓 소리"(『캐니언』)가 들리지 않는가. 나는 사랑을 배우러 매일 그의 정원에 갈 것이다. 채 꽃피우지 못한 만남들이 수런거리는 사랑의 정원으로.